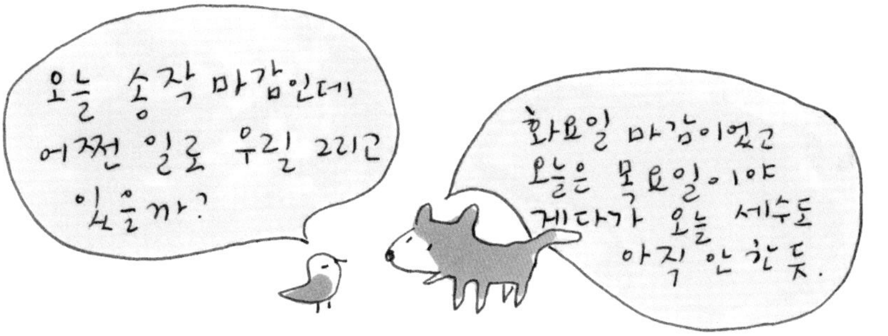
오늘 송작 마감인데
어쩐 일로 우릴 그리고
있을까?
화요일 마감이었고
오늘은 목요일이야
게다가 오늘 세수도
아직 안 한 듯.

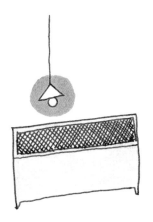

송작의 작업실엔 파티션이 있다.
그 뒤편의 세계를 우린 모른다.
아마도 혼자 시간을 흘려보내고 있는
듯하다. 소파에 눕거나 앉아 멍
하니 창밖을 보고 있을 것이다.

송작이 거기 오래 있을수록
우린 침묵해야 한다. 우리의 이야기는
오직 송작이 노트를 펼치고 만년필
뚜껑을 열어야만 시작된다.

완벽한 공백에 머물던 우리는
잉크가 지면에 닿는 순간
깨어난다.
우리는 깨어 있는 순간 생각한다.
송작이 맑은 정신으로 깨어 우리를
기억해 주기를, 그려 주기를,
자주, 오래, 계속 그리해 주기를.

오늘의 개, 새

송미경 지음

사□계절

거기 누구
있어요?
이것 좀 깨 봐요!

아무도 없고 아무도
안 도와주네.
그냥 내가 깨고
나간다!

세상에!
이 어지러운 세상 풍경은
다 뭐야?

는
부모님이 먹이를 구하러 나간 사이 혼자 알을 깨고
나왔다. 대충, 용감하게 살던 는 어찌어찌하다가
를 만난 것이다.

나는 일기를 쓴다.
고로, 나는 살아 있다.
나는 살아 있는 동안
날마다 일기를 쓸 거다.

꽃잎이
휘날리는군,
이럴 땐
역시 일기지.

좋은 일기엔
흥미로운 캐릭터가
등장하지, 이를테면
나의 🐦 !

오늘도 🐦 가 지롤했다.
친구들과 날아가다가 내가
💩 누는 걸 봤고.
충격을 받았다는 거다.
내가 💩 누는 장면은
그야말로 충격이었고
심지어 자신의 존재가 흔들릴
정도의 자괴감과 수치심에
영혼이 쪼개지는 경험이었다고도
했다. 아오, 일기고 뭐고 열받네.
어쩌라고, 음?

🐦의 일기

🐦는 분명 일기 속에선 유용한 캐릭터다.
일기 쓸 거리가 늘 풍부하도록 예측 불가능한 일을 벌이니까.
하지만 이런 존재는 삶에선 피곤하다. 모든 게 번거로워진다.

한글 읽고 일기 좀 쓴다고
종일 책상에 붙어 있네.
그사이 꽃잎이 얼마나
그럴싸하게 휘날리는지도
모르고, 그사이 내가
얼마나...
내가 뭘 얼마나?

설마 내가 🐶를 좋아하기라도
한단 말인가?

같이 있으면
기분 좋을 때보다
나쁠 때가 더 많은데?

그래도 계속 생각나고
계속 꼭 붙어서
수다 떨고 싶고
꼬리 흔드는 것도 웃기고...
이거 왜 그런 거지?

🐦는 아직 글을 깨치지 못해서
종종거리며 온종일 생각에 잠긴다.
만약 🐦가 글을 깨치고 일기를 쓰게 된다면
일이 더 복잡해질 거다.

내년에도 이 호수를 볼 수 있으면 정말 좋겠다.

누군가에겐 너무 당연하고 쉬운 일이

우리에겐 왜 전쟁 같을까?

대체 🐺 🐦 는 만나기만 하면 왜 이럴까?
안 만나면 될 텐데 말이지.

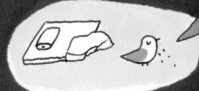

뭐 해?
알 바 아니잖아?
진정 죽고싶냐?
한가한 너야말로 저기 멀리 어디 가서 아르바이트 자리나 알아봐. 바쁘신 몸 귀찮게 하지 말고.
지지르르르
으르렁, 멍멍!
악몽 꿨네, 아이고.

미치지 않고서는 할 수 없는 일이
세상에 조금, 아주 조금 있긴 하다.

때로는 쉼표같은 날이 누구에게나 필요하다.

끝말잇기 좀 하다
올 걸 그랬나...

이런저런 놀이
하다 보면 끝도 없을걸?
난 글을 써야 해.

그런데
혼자 있을 때
는 뭐 할까?

는
혼자서 끝말 잇기 놀이하고 있단 다람쥐며느리.

계속 서로를 궁금해하면 됐지. 뭐.

애기 좀해, 듣고 있지?

내가 생각해 봤어.
내가 널 생각할 때마다
왜 털이 서고 식은땀이
흐르고 피하고 싶었는지.
그런...데 알게 됐어.

널 좋아하는 것 같아.

좋아, 뭐든
지껄여 봐.

드디어 미쳤다는 것을 깨닫는 순간,
혹은 미치기로 작정하는 순간,
미친 것에 감사하는 순간.

어떤 말도 필요 없는 순간이 있다.
그게 '순간'인게 문제지만.

매일 일기를 썼지만
내 글쓰기는 조금도
줄어질 기미가 안 보인다.
차라리 편지를 써 보는 게
나을 것이다. 대상이 있으면
이야기로 어떤 꼴을 갖출지 모르고
여하튼 지금보다 나을 것이다.
젠장, 또 일기 쓰고 나...

편지라...

to:
나의 🐦,

내가 🐦를 생각함은
🐦가 날고 깡총이는 동작을 떠올리며
오장육부가 일렁이는 기쁨일 것이며,

이건 편지가 아니지. 다시...

🐦에게 편지를 쓴다 보니
열두 장이나 써 버렸다
그런데 이걸 쥐로 될게
쓴다 보니 그동안 쌓...
것들을 쏟아 내는 일종...
한풀이가 된 것이다.
하, 또 일기큼, 일기...

너무
많이 썼나?

사랑하는 🐦야,
갑자기 우리의
지난 시간이 떠올라
부아가 치밀어 오른
다. 여기까지 오기
까지 시달린 걸
생각하니 감회가...

아침에 택배가 왔다.
연애편지가 들어 있다는 말을 듣고야
나는 아주 이상한 기분에 사로잡혔다.
내가 까막눈인 걸 🐕가 아직 몰랐다는
사실을. 이젠 ... 아, 숨길 생각은 아니었는데 말이다.
자랑할 것도 아니라서 말하지 못한 건데, 어쩌지?

대체 뭐라고 쓴 거지?
그냥 좋아한다고 한마디 하면 될걸
뭐 이리 주절주절...

사실은 한풀이와 원망,
억울함과 갈구의 편지.

오후

편지 고마워!
나도 그렇게
생각해!
까르르르
까르르르

세상에,
엄청 쿨해. 자기 반성 후의 저 해맑음!
존경까지 해야겠다.

이제 우리
뽀뽀할 시간이야.

응응!

- 🐕의 일기 -
분명 내 편지를 읽은 🐦가 난리 날 거라 생각했지만,
그걸 용감하게 보낸 이유는 내가 원하는 사랑은 거짓 평화가
아닌 진실한 투쟁이기 때문이었다. 그런데 막상 🐦가
이렇게 나오니 어쩐지 미안하다. 게다가 🐦가 이런 노래를
지어 부르기 때문에 나는 혼란스럽기까지 하다. "아침엔 택배,
점심엔 뽀뽀, 저녁엔 까르르 ..."

- 의 일기 -

나는  를 귀염뽀짝쭈구리라고 부르기로 했고 는 나를 때떼루잘보라고 부르기로 했다. 때로는 대체 왜 해야 하는지도 모르겠고 다소 번거로운 것들을 단지 가 원하기만 하면 하게 된다. 나는 조금씩 변하고 있다.

- ☺☺의 일기 -
어쩌다 보니 그렇게 되는 나쁜 일도 있다.
때론 잘 몰라서, 때론 무심코, 때론 무지해서.
그래도 기분이 나빠졌을 땐 억지로 화해할 필요는 없지.
같이 무식해 놓고 왜 먼저 화를 내냐고!

할 말은 해야겠어.

대판 싸우리란 →
각오로 온

미안해 무식했어. 내가

눈 녹듯이 풀렸어.
말은 무슨, 뽀뽀지!

— 🐦의 일기 —

이제 다시는 애칭같은 건 만들거나 부르지 않기로 했다. 남들이 즐겁게 해낸 일들, 하고 있는 일들이 어쩐지 우리에겐 적용되지 않을 때가 있다. 이전에 내가 살아온 방식, 나의 세계관 같은 게 우리 사이에 먹히지 않는 것을 종종 느끼는 것이다. 🐦는 매우 평범한 🐕고 나도 매우 평범한 🐕인데 우린 왜 평범한 연애를 하지 못하는 걸까?

원래 ^{세상 모든 존재는} 자기네 연애만 힘들고 특별하고 세젤 멋지다고 생각한다는 걸 알려 줘야할까? —어제가 계간지 마감인데 🐦 🐕 그리고 있는 송작—

49

내가 해줄 수 있는게
아무것도 없네...
아무 말도 안 떠올라.

다시 오네?

울적하면 울적한 대로, 이러면 이런 대로,
저러면 저런 대로, 그러면 그런 대로
어쨌거나  는 빵빵, 그냥 빵빵.

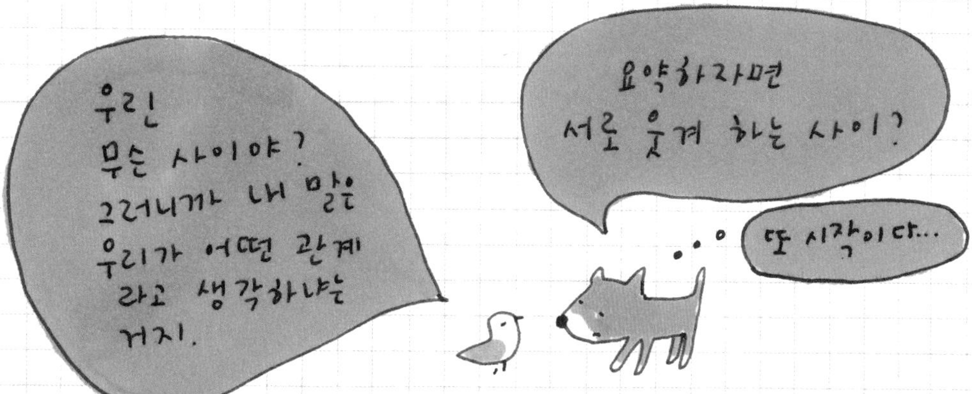
우린 무슨 사이야? 그러니까 내 말은 우리가 어떤 관계라고 생각하냐는 거지.
요약하자면 서로 웃겨 하는 사이?
...
또 시작이다...

- 며칠 후 -

드디어 미쳤구나?
꼴이 왜 그래?

이제 우리 똑같아!

그러는 넌 진작 미쳤다.
진실이다. 이것은.

똑같다니
무슨 헛소리야?

네가 한 곳에서
똑같이 해 달라고
했잖아.

설마. 내가
이 꼴일 리가!

맞아, 이 꼴이
네 꼴.
우린 이제 같이
망했지, 야호!

그럴 리가
없어!

내일 다시 와.
뽀뽀는 해야지.

할 거면
지금 해!

좋아!

역시 화끈해!

어쨌든 뽀뽀, 보글보글 뽀뽀, 지글지글 뽀뽀,
보글뽀, 지글뽀, 보글지글 뽀뽀, 오늘 당장 뽀뽀.

보글보글 펌을 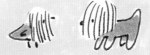 펴놨는데
돈만 날렸다.

가끔 우린 엉망진창이다.
마치 우리가 함께 있어서 이 꼴이 된 것 같고
앞으로 우린 더 망해 버릴 것만 같다.

이때 강풍!

네 꼬라지
너무 웃겨.

네 꼬라지
내 꼬라지
네 꼬라지
개 꼬라지!

끼갸르르르르   끼갸르르르르

뿅뿅보다 더 좋은 건 끼갸르르르.
끼갸르르르보다 더 좋은 건 끼갸르르르르.
끼갸르르르르보다 더 좋은 건 끼갸르르르르르르르르르.

너희 둘이 오해를 하거나 말거나 나는 일을 한다. 이게 내 일이다.

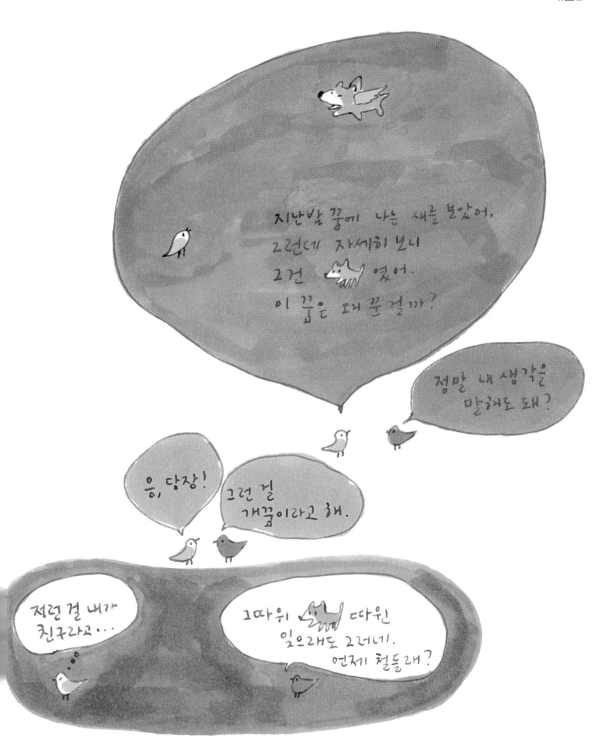

늑대의 일기

오전 내내
동네 개들과 개 풀 뜯는 딱는
소리, 농담과 허세, 정신없이
짖어댐 등을 즐겼다. 거기까진
괜찮았다.

동네 개들이 화를 내며
가 버렸다.
내가 다시는 내 곁에
얼씬도 하지 말라고
소리쳤기 때문이다.
어쩔 수 없었다.
왜냐하면,

우리 동네 어떤
정신 나간 개가
어떤 새를 만난대.

개망신이야,

그래서
그런데
그러나
하지만
전쟁,
설마
아니다

이렇게 말했기 때문이며
그들은 내가 그 개라는 것을
몰랐기 때문이며 그 개들이 뒤이어
욕한 '어떤 새'가 나의
일기 때문이다. 나는 높은 곳에
올라나서 오후 내내 아무 생각이나
닥치는 대로 했지만 아무것도
모르겠다.

여기 가기로
힘든데, 왜
내가 를 계속 만나야
하는지 모르겠다. 그러나 내가 를
안 만날 수 있는지도 모르겠다.

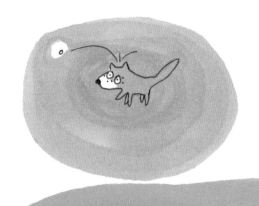

- 의 일기 -

비애감과 싸우고 있을 때 머리 위로 뭔가 떨어졌다.
이런 된장 고추장 막장 된장 같으니라고! 똥인지 된인지.
하지만
어쩐지 🐦는 너무나 확실하게 어떠하다. 내게 그렇다.
어떤 존재가 너무나 내게 분명하다는 건 매우 번거롭고도
멋진 일 아닌가. 내가 뭘 잘못했는지는 잘 모르겠지만 일단
🐦에게 사과부터 해야겠다. 그런 뒤 싸워 보자.

그냥 좀 있어라 이것들아. 송

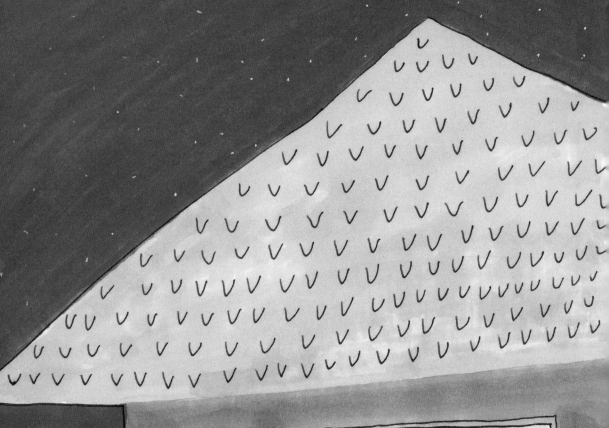

어느 누구와도 소통이 안 되는 느낌. 한 번은 경험해 보는 감정.

한 세계에 눈을 뜨면
한 세계엔 어두워지는 걸지도.

헤어져야 할 이유는 찾아보지 않아도 많다.
하지만 단 한 가지 이유 때문에
그러기 쉽지 않은 것이다.
그 이유란 오직 본인만 알겠지.

그러면 혹시
더 좋은 학위라도
있으신가요?

한글도 모르는걸요.

아뇨, 마음에 안 들어요.
그러니까,
거져!

듣던 바와 달리
별 볼일 없지만,
재치와 겸손은
마음에 들어요.
우리 오늘부터 1일,
어때요? 좋죠?

내가 이래서
소개팅을 안 나왔는데,
오늘 밥았다 치자.

이런 게 과연
새들의 품격일까?

한테 슬쩍 가 볼까?
가서 뭐라고 하지?

헉! 정처없이 걷다보니
개집 근처잖아?
내가 미쳤나? 그래
내가 미쳤지, 진작 미쳤어.

그냥 우연히
이 길에 들어섰을 뿐이라고...

헉, 어떤 길로 가도
개집 앞이라니!

어딜 가도
여기로
올 수밖에
없다면.
차라리
여기 잠시
머물자.

이제 허겁이 다
보이네.

너희가 사랑이면 좋겠어.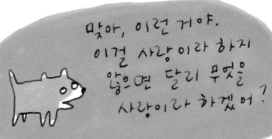

아, 저 찬란하고도
희미하게 깜빡이는 빛!
?
나는 오직 보는 것으로만
저 별에 잠시 닿는구나.
또 지랄 중이네.
언제 왔어?
언제부터 거기
있었어?
아까 왔고
아까부터 있었어.
그런데 왜
쌔한 표정?
무슨 일 겪고 왔어?
이상하게
기분 나빠.

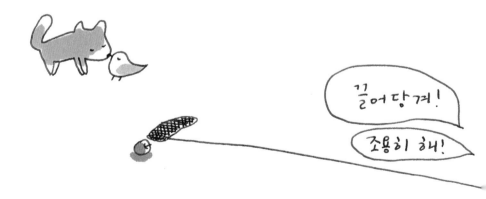

이걸 다
어떻게 외워...

- 6개월 후 -

오늘은 어디까지
진도 나갈 거야?

너 방학이란 거
들어 봤지?
당분간 방학이야.

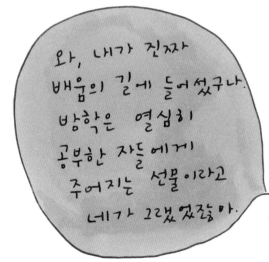

와, 내가 진짜
배움의 길에 들어섰구나.
방학은 열심히
공부한 자들에게
주어지는 선물이라고
네가 그랬었잖아.

그렇지.

너 가르치다가
내가 돌아 버릴
지경이라 좀
쉬어야겠어.
미안.

글만 쓰려고 하면 아무 생각도 나질 않네,
아무 생각도 안 하려 하면 엄청나게 많은
생각이 떠오르고. 그래서 노트를 펴면 또
아무 생각도 나질 않고 말이야. 우선 작가가
되면 저절로 글이 써질지도 몰라. 어디
음모할 계획을 세우면 뭐가 완성될 거야
완성된 뒤 내면 어디든 당선될 테고
당선되면 당근 줄게요

등단을 하기로 결정했으니 글을 써야겠지. 나는 한글 능통자고 쓰고 싶은 것도 많으니까.

막상 글을 쓰려니 뭘 어찌할지 모르겠네... 다 이런가?

그나저나 유는 아직 돌았나?

갑자기 글을 쓸 용기가 나질 않아. 난 한글 능통자고 똑똑하고 시간도 많고 건강한데...

"송 선생님의 글쓰기 교실"

누구나 수강료만 즉시 입금하면 등록 가능합니다. 아무거나 쓸 수 있게 되며 심지어 너무 많이 쓰게 될 놓아 버릴 정도로 말이다.

여길 가볼까?

통렬함을 느낄 수 있을 수도 있다. 그그 그것은 진실된 당신의 감정이고 이성이 본능일까?

본원의 목표는 위에서 이미 밝혔고 (그 것도 지나치게 많이) 한 가지 덧붙이자 당신은 당신의 관념을 벗어나고 심지어 자기 자신을 벗어나는 이탈을 경험해야 다. 의미를 이루고 있는 다양한 껍질(만 당신이 개라면 털 포함)을 벗을 때에야 비로소 당신은 당신이 아닌 한편 완전 당신의 문장과 만날 수 있기 때문이다

본원에 온 이상 당신은 평면적 의미를 가 입체적 문장을 만날 것인데 이 '미친 듯, 돌 버리듯 글쓰기'수업은 무한한 시니피앙들의 아무말이나 써대라. 이것이 본원의 가장 중심사상이다

환불 요청시 꼬리 절단, 환불 재요청시 죽여 버릴 것. 그러니 목숨이 두 개면 환불 받으라. 기꺼이 나는 너를

창고 교재라도 읽어 보자. 환불 규정 같은 것도 찾아보고. 법적 근거를 발견할 수 있을지도…

설마 지금… 내 인생이 꼬이는 중인가?

← 각종 규정서 및 참고 교재들

동갈 안큼 나는 이럴 때나 차분해진다. 독서나 해야겠다. 송미경 작가의 명작 「나는 새롭 봄니까?」 읽어야겠..

114

환불 말고
다른 방법은 없을까?
예를 들면 합법적으로
수강료를 돌려받을…

그냥 콱 당선되는 게
송 선생 좋고 나 좋고?
그래,
등단하자.

대체 왜 이
파지만 남겨 두신 거야?
오자와 비문과 낙서뿐인데.
심지어 살짝 졸다가
쓴 건데.

안녕하(새)요?
우리 만(새) 삼창 할까쇼?
혹시 (새)밀화 그릴 때 손 떨려요?
아침에 커피드(새)요?
(새)상에! 이럴(새)가!
(새)가 날아든다. 온갖
잡(새)가 날아든다아.
만수문 전에 풀년(새)
한글 못 읽는 내 참(새)
(새)상은 외롭고 쓸쓸해.

하, 이 진리의 가르침, 정말 내 파지 안에 진리가 있을 줄이야...

송 선생님께 계속 수강료와 간식 퍼다 바쳐야 겠어.

믿고 따라야겠어. 계도 들고 적금도 붓고 고리대금로 구하고 개똥도 약으로 내다 팔고.

도둑질이라도 해서... 근데 도둑질을 하면 옥살이를 할 테고 그러면 사식은 누가 넣어 주지? 🐦도 제정신이 아닌데... 끼니는 좀 먹었을까?

🐦는 무엇하고 있을까? 가 봐야겠어 어디 사는지도 모르는데...

설마 내가 🐦을 좋아하나? 그건 좀 컬트적인데... 하지만 이 느낌은 뭐지? 나 이제 어쩌저면 좋아.

송 선생님! 께 득도한 것 같아요. 제가 🐦에 관해 써야 한다는 걸 알아 버렸어요!

좋은 간식이란 비싼 간식이다.

나쁜 간식이란 싼 간식이다.

그래서, 간식은 좀 싸 않는가?

간식이란 예를 들자면

좋은

개떡 같은 걸 간식으로 사 오면 오른쪽으로 귀부분 털을 뽑아 버리는 수가 있다.

본원의 이용 수칙 중 간식 물론 자발적인 것이어야 하 그 자발이란 것도 따지고 보 처음엔 명령에 복종하는 경 이 필요할 것이다. '무조건' 간식은 싸 와야 한다고 뇌리에 박

어쩐지 🐦가 대문을 바라보는데 한무리의 새때
창밖을 바라는데 한무리의 새때
어디론가 날아가고 있었다. 문득 나는
내가 날 수 없다는
사실을

나는 🐦가 꼬리에 빗을을 물혀
날뛰던 그날을
우주 끝까지

어쩐지 우린 아주 오래 함께 살
것 같다. 송작이 오래 살아야 우린
계속 그릴 텐데, 송작이 제정신
으로 오래 살아야 우리가 오래오래
사랑고 놀고 웃을 텐데... 어떻게
하면 송작이 더 자주 우린 기억
하는 이유까고

다각형의 외부
라인이란 생
명은 토끼나
별반 다르지
지우려고 해
노점는

어쩐지, 나는 봄이 싫다.
어쩐지, 나는 느티나무가
좋다. 어쩐지 나는 사과가
좋다. 어쩐지 나는, 처음봄
참외가 싫고 수박은 좋다.
어쩐지 나는 화요일이 좋다.
어쩐지 나는 목요일에 쓸쓸
하다. 어쩐지 나는 푸른 빛이
좋고 어쩐지 나는 주황색이
싫다. 어쩐지 나는 비 오는
날이 좋다. 어쩐지 나는
물웅덩이에 비친 너의 모습이

생각해 보면
난 어쩐지 그냥 🐦가 좋은
거다. 뚜렷한 이유 없이 그냥,
어쩐지 🐦를 보면 내가
개라는 사실도 나쁘지 않다는
생각이 드는 것이다.
이 세상에 어쩐지보다 더 힘센
건 없다. 어쩐지 좋은 것이야말로
'진짜' 좋은 것이고 어쩐지 싫은 것
이야말로 '진짜' 싫은 것이다.
그래서 내가 🐦를 어쩐지 좋아
하는 것은 세상 그 무엇보다 엄청난 것

오른쪽으로
오세요.
반드시
당근과
1/2 스푼
뚜께의
꿈을 따
달려본
발자국
노래는
초고의
이다.

그러니까 우린
밝기 멀로 어쩐지 싫을 수
구름을 없겠지. 어쩐지 이
때루 문장을 즐겁지 않니? 마치
당깃 날개 달린 개가 된 기분이야.
흐섯 내게 날개가 없어서 미안해.
코
리 당기지 말고 밀어 주세요라고 네가 ㄹ

주의사항을 지키지 않
날아가 버릴 수 있다.
나는 오래 전부터 반복되는
그 꿈속의 음악을 네게 불
러 줄 수 있을까? 동전
치기 그 놀이처럼 날아가는
한다.

가을이 오면 우린 물웅덩이 구경가자. 풍덩 뛰자.

내면길 아니었지

선 밖으로 빠져나오면 안 된다. 인생은 왜 이리, 아니지,
인생은 왜 이리 고단한 것일까?

인간은 개들과 달리 그것을
왜 참새들은
어쩌면

실물
같은
착각을
불러일으
킨다. 거
기 가서
제대로
배울 생각
맥락이
맞아야
매력적인
거지. 시를
전공한 새들
너무 둥기려고
해.
각기 다른 평행

내
그
따위
잡새를
내가 왜,
난 말이다.
연결성은
무엇을 바라보
자동적으로 우리는
"네가 좋아하는
누에고치를 먹어!"
라고 말하자 나는 화
분노, 모멸감. 엄청난
감정의 두드러짐을 느꼈다.
이러다가 너는 개가 될 도리
과자 취향 비슷하다. 너는 나

분명한
공감
한숨
반복
적으로
비웃음

가진 자의 껍데기인 것
시를 배운다는 것은 사치
낡은 건물의 단면
부담과

정말 너

원래
넌 얼데기를 돌렸지
생각이 많아
내가
쾌감과 찬란함은 다른 것이지
지금 돌아버릴 것 같아
이 글은

아파서 누워 있자니

가 자꾸 아른거린다.

동네 새들에게 물어봤지만
묵묵부답이다.
복장 터질 것 같다

화가 난다.
내가 너무 스파르타식
으로 가르친 걸까?
발도르프식이나 몬테소리식으로 해야 했을까?
그나저나 A4용지 다섯 박스는 언제 채우지?
죽더라도 쓰고 죽으라고 하신 송 선생님의 가르침...
가르침이고 나발이고 이러다가 나는 도
다시 못 만나고 죽는 건 아닐까?
천재는 일찍 죽는다던데, 그럼 이건 숙명인가?

한편 는...

가는 가고
나는 나며
다는 다다.
로는 로로다.

쓰고
죽어!

A4
A4
A4
A4
A4
A4

와, 진짜 이 모든 글자가 단숨에 술술 읽힌다. 나 진짜 한글 깨친 거야? 그런데 그 전에 내가 왜 읽지 못한 거지? 이렇게 당연한데. 이렇게 쉬운데, 왜? 글을 깨친다는 건 정말 소름 끼치는 일이네, 모든 책을 다 펼쳐 읽을 수 있고 모든 잡념을 다 적을 수 있고 심지어 영원히 변하지 않게 생각을 종이에 가둘 수 있어. 나도 슬슬 논문도 읽고 곡학아세 좀 해 볼까?

잔등 번들거림과
들떠는 성격의 상관관계
- 연구자 미상 -
관련성
국인의 개굴잔등 호감의 가치척성
적 주변 뿔루지와의 심리적 연
집단 무의식과 느끼함의 연
굴잔등이 번들거리는 개를 대상으로
수행된 직무만족도와 그에 따른 성과,
이들 변수 간의 관련성에 관한 메타분석을
현실에 비추어
국내편
선호도 유
결과를
모른다

심리적 기능의 역동
원만한 능글맞음
개기른이란
비속어나빠

분석 결과에
따르면
아직 경기북부 지역
정적인 관련성이
일반화 과정을
형태에
잠재되어
정
관련성

창작욕구와 굴잔등 번들거림은 아무 상
이처럼 개작 등이 창조적 재구성
과정을 들뜨게 한다. 이것은 저것이다.
저것은 그것이며 송작을 저것이다.
사실 이 만화책은 편집자
김진이 독촉해서
이 지경이 놀라워

막장 만화의 필수 서사는
누가 뭐래도 '기억상실증'!

무한으로 가는 안내서

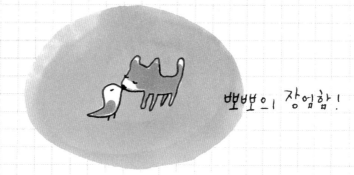

뽀뽀이 장엄함!

왜 이리 분위기 잡지? 오늘 나 고백받나 봐. 이 일을 어째. 좋아 죽겠쥬…

한글 사건의 가해자는 사실상 나였다고 고백하면 우린 오늘 헤어지게 될지도 몰라. 그래도 진실을 택하자.

풋드립 커피. Café
현찰 박치기

open

말해.

일단 커피…

너는 이제
다른 카페
가면
죽는다!

🐺의 일기

어둠을 지나 새벽빛에 이를 때까지 걸었다.
어찌 보면 큰일도 아닐 텐데 왜 그 순간 나는 내가
태어나서 이제까지 살아온 모든 과정을 떠올린 걸까?
우린 왜 이 길을 함께 걷고 있는 걸까를, 우린 왜
자꾸 함께 하고 싶은지를 생각했다. 아무런 답도 얻지 못했다.

한동안 말 없이 걷기만 했다.

우린 그러기로 했다. 많이 좋아하기로.
누가 무식했는지, 누가 더 나빴는지, 누가 먼저
더
좋아했는지, 왜 미안한지 등을 접어 두고
다만 앞으로 조금 나아가기로 한 것이다.
때가 되면 하나씩 알게 될 것이다. 그땐 모든게
우스꽝스러운 에피소드처럼 여겨질 테고.

나는 볕이 잘 드는 방을 뒹굴며 돌아다니길 좋아
했어요. 특히 방바닥에 달력의 뒷면을 펼쳐
그 위에 엎드려 낙서하는 걸 좋아했습니다. 큰 종이를
바에 깔고 몸을 빙글빙글 돌려 가며 여백을 채우다
보면 세상의 시간이 나의 시간과 분리된 듯한 기분
이었어요. 이후로도 나는 시간을 멈추고 싶을 때마다
낙서를 했어요.

동생보다 한글을 늦게 익힌 나는 처음 쓴 글씨조차
좌우가 완전히 반전된 거울 글씨였습니다. 애초에
내게 문장은 이미 낙서고 혼돈이고 세상과 동떨어진
비밀이었던 것 같아요.

사춘기가 될 무렵부터 교과서의 글자들은 더 작고
복잡해졌어요. 글을 읽으면 한 바닥 안에 박힌 글
자들 중 특정 모양의 글자들만 둥둥 지면 위에 떠
올라 한 번에 차분히 글을 읽으려면 정신을 바짝
차려야만 했지만 그래도 나는 교과서를 좋아했
어요. 교과서에 낙서를 하면 너무너무 재밌었거든요.
어른이 되어서도 나의 시간과 세상의 시간을 분리
하고 싶을 때마다 나는 낙서를 했습니다.

그러니까 이 만화책은 그렇게 보낸 내 시간들의
흔적입니다. 물론 이 흔적을 모아 책으로 내게 될
줄은 몰랐지만요. 이렇게 책으로 나오게 되니 기뻐요.

어느 날 🦗 낙서를 보고 책을 내겠다는 사람을 만났습니다. 그녀는 2016년 의자 그림으로 전시회를 하고 있는 나를 찾아왔습니다. 당시 그녀는 단정하고 꽤 멀쩡해 보였습니다. 치즈와 올리브절임을 선물로 사 와서는 🦗 의 대사들을 인용하며 웃어 댔지요.

🦗 를 웃겨 하는 편집자를 만난 것은 무척 반가운 일인 한편 잘 마무리할 수 없을까 봐 겁도 났어요. 복잡한 생각을 풀어 내며 올리브절임을 다 먹을 즈음 나는 올리브가 들었던 유리병 안에서 귀뚜라미 한 마리를 발견했습니다. 그리고 그걸 본 순간 귀뚜라미 올리브절임을 선물해 준 이 사람과 꼭 책을 내야겠다고 결심했지요. 완벽하게 밀봉된 병조림 안에서 귀뚜라미를 만난 것은 내가 낙서를 즐기며 살아온 삶(?)과 어쩐지 꼭 맞는 기분이었어요.

정성껏 이야기의 순서를 고민해 주고 원고를 받을 때마다 깔깔거려 준 그녀에게 감사합니다.
낙서를 보여 주면 언제나 웃어 준 남편과 세 아이들에게 감사합니다. 이 세상에 존재하는 게 분명한 🦗 에게도 감사합니다. 이 어지럽고 혼돈뿐인 세상에 태어나 낙서를 하며 놀 시간을 주신 창조주께도 감사합니다. 그러니까 이 책은요, 그 모든 것에 감사하는 제 노래이며 박수 소리입니다.
이 책은 당신의 멀쩡한 책장 틈에 끼어 있는 귀뚜라미 한 마리입니다.

2022년 봄

송미경 🦗

송미경

동화, 청소년소설 작가. 『어떤 아이가』로 제54회 한국출판문화상을, 『돌 씹어 먹는 아이』로
제5회 창원아동문학상을 받았다. 『학교 가기 싫은 아이들이 다니는 학교』 『복수의 여신』 『나
의 진주 드레스』 『가정 통신문 소동』 『일기 먹는 일기장』 『봄날의 곰』 『햄릿과 나』 『나는 새
를 봅니까?』 『광인 수술 보고서』 등을 썼다.

오늘의 개, 새

ⓒ 송미경, 2022

2022년 3월 25일 1판 1쇄

지은이 송미경

편집 김진, 백승윤, 김재아, 박지현 디자인 권소연
제작 박흥기 마케팅 이병규, 이민정, 최다은 홍보 조민희, 강효원

인쇄 (주)로얄프로세스 제책 책다움

펴낸이 강맑실 펴낸곳 (주)사계절출판사
등록 제406-2003-034호 주소 (우)10881 경기도 파주시 회동길 252
전화 031)955-8588, 8558 전송 마케팅부 031)955-8595 편집부 031)955-8596
홈페이지 www.sakyejul.net 블로그 blog.naver.com/skjmail 전자우편 skj@sakyejul.com
페이스북 facebook.com/sakyejulpicture 트위터 twitter.com/sakyejul
인스타그램 sakyejul_picturebook

ISBN 979-11-6094-909-4 03810